Ruben Pri

Zwijsen

LEES N!VEAU

	ME	ME	ME	ME	ME		
AVI	S	3	4	5	6	7	P
CLIB	S	3	4	5	6	7	8	P

dierenactivisten

Toegekend door Cito i.s.m. KPC Groep

1e druk 2012
ISBN 978.90.487.1172.7
NUR 283

© Uitgeverij Zwijsen B.V., Tilburg, 2012
Tekst: Ruben Prins

Basisvormgeving: Eefje Kuijl
Vormgeving en opmaak: GewoonGeert, Almere

Omslagfoto: Marijn Olislagers
Foto's binnenwerk: Marijn Olislagers, Shutterstock

Pag. 8: Fragment uit het liedje 'Een tweedehands jas', geschreven door
Joop Stokkermans en Ivo de Wijs, van de cd 'Kinderen voor Kinderen 2'
© Omroepvereniging VARA

Voor België:
Uitgeverij Zwijsen.be, Antwerpen
D/2012/1919/176

Inhoud

NOS JEUGDJOURNAAL

Gisteravond was er brand in een opslagloods van een nertsenboerderij in de Brabantse plaats Rijkevoort. De brandweer denkt dat de brand is ontstaan door kortsluiting.

Bron: www.jeugdjournaal.nl

1 Bobbie tegen bont

'Beste luisteraars, hartelijk welkom bij het tweede uur van *Nieuws dat je raakt!* Hét nieuwsprogramma dat verder kijkt dan de camera lang is.
We spreken vanmiddag over de bont-industrie. Vandaag wordt er in de Eerste Kamer gestemd over een wetsvoorstel over een verbod op de bontindustrie in Nederland. Een aantal politieke partijen vindt dat dieren niet voor hun pels gefokt mogen worden. Zij eisen een verbod.
Wanneer dat wetsvoorstel vandaag wordt aangenomen, zullen alle bontboerderijen van Nederland in de toekomst verdwenen zijn.
Uiteraard maakt deze stemming veel reacties los: zowel bij voor-standers als bij tegenstanders van de bontindustrie.
Laten we eens naar een paar van die reacties gaan luisteren.
Voor ons ter plaatse is eh … even spieken … Joost van Terlingen, ik bedoel Tellingen. Joost staat op het Buitenhof bij de Eerste Kamer. Joost, ben je daar?'

(gekraak)

Joost: *Eh … Sorry … Wat zeg je? Het is hier nogal lawaaierig. Kun je misschien wat harder praten?*
Studio: *WAT GEBEURT DAAR, JOOST? HOOR JE ME?*
Joost: *JA! Nu hoor ik je LUID en duidelijk. Té duidelijk zelfs. Maar goed, het Buitenhof staat bomvol. Ik zie overal groepjes mensen, meisjes vooral. Ze dragen T-shirts en spandoeken met teksten tegen bont:* Alleen beesten dragen bont. Bont is uit! *Er worden ook luid leuzen geschreeuwd: BONT IS MOORD!, BONT IS MOORD!*

Joost: *Ik loop nu naar een groep meiden die een strijdlied
aan het zingen is. We luisteren even mee:*

Kijk! Waar?
Kijk! Daar!
Ooooooooow!
Daar heb je weer zo'n tweedehands jas,
zo'n tweedehands jas,
zo'n tweedehands jas.
Zo'n jas die al van een ander is geweest,
nee niet van een mens, maar wel van een beest.
Dat heeft toch geen nut,
dat geeft toch geen pas,
zo'n tweedehands jas.

Joost: *Een van de zingende meisjes staat nu naast me.
Ze draagt een T-shirt met bloedrode letters.* Bobbie
TEGEN Bont, *staat erop. Hallo, jij bent Bobbie?*
Bobbie: *Eh ... ja. Hallo.*
Joost: *Moet je eigenlijk niet op school zitten, Bobbie?*
Bobbie: *Ik heb vrij genomen.*
Joost: *Je spijbelt?*
Bobbie: *Nou ja, een beetje. Maar dit is toch veel belangrijker
dan school?!*
Joost: *Want jij bent tegen de bontindustrie?*
Bobbie: *Ja! Heel erg tegen!*
Joost: *Maar waarom dan?*
Bobbie: *Dat is toch logisch? Die dieren worden vreselijk
mishandeld. Ze zitten in piepkleine hokjes. Ze hebben
heel veel stress. En dan worden ze na een halfjaar
vermoord. En waarom? Omdat iemand zo nodig een
stomme bontjas wil dragen!*

Joost: *Misschien een gemene vraag, maar ben je zelf wel-*
eens in zo'n bontboerderij geweest?

Bobbie: *Natuurlijk niet!*

Joost: *Maar hoe weet je dan dat het zo erg in zo'n*
boerderij is?

Bobbie: *Er zijn toch genoeg filmpjes op internet? Dan kun*
je zelf zien hoe slecht de dieren het hebben. BONT
IS MOORD!

Joost: *Oké. (Zucht.) Weer een doof oor. Bedankt en succes*
met demonstreren.

2 Nee tegen bont!

Bobbie voelde haar hart in haar hoofd bonken. Ze was op de radio geweest! Live op de radio! En ze had kunnen zeggen wat ze van de bontboerderijen vond. En toch ... waarom voelde het dan niet helemaal goed?

Ze keek hoe de verslaggever al pratend in zijn microfoon wegliep. Wat een sukkel! dacht Bobbie. Met zijn stomme vragen!

Moet je eigenlijk niet op school zitten?

Ben je weleens in zo'n bontboerderij geweest?

Die sukkel deed net of ze een klein kind was. Alsof zíj niet zou kunnen weten wat er allemaal in die bontboerderijen gebeurde. Alsof zíj niet kon nadenken.

Sukkel!

Ze zag hoe de verslaggever zijn microfoon onder de mond van een man in een donker pak hield. Die man was vast van een bontboerderij. Zo zag hij er in ieder geval uit. Strak in het pak, maar ondertussen een smerige beul ...

Ben je weleens in zo'n bontboerderij geweest?

De vraag van de verslaggever zwom als een hongerige haai door haar hoofd. Niet aan denken! Het is gewoon een domme vraag. Maar toch ... Misschien had die verslaggever wel een beetje gelijk. Misschien ...

'DAMES EN HEREN!'

Een heldere vrouwenstem schalde door een megafoon.

'BESTE DEMONSTRANTEN. STILTE GRAAG!'

Heel langzaam verstomden de spreekkoren en het gezang. Bobbie zag hoe de vrouw met de megafoon op een verhoging klom.

'Beste demonstranten,' zei de vrouw door de megafoon, 'over een paar minuten zal de Eerste Kamer gaan stemmen. Die stemming bepaalt het leven van miljoenen dieren. Ik wil jullie vragen om straks allemaal tegelijk dezelfde leus te schreeuwen. Zo hard dat ze het zelfs in de Kamer kunnen horen.'

Er klonk een instemmend gegrom op uit de groep mensen.

'Wij zeggen: nee tegen bont! Nee tegen bont! Nee tegen bont!'

De groep demonstranten begon de kreet te herhalen. Steeds harder en harder.

NEE TEGEN BONT!

NEE TEGEN BONT!

NEE TEGEN BONT!

Bobbie brulde zo hard ze kon. Haar keel brandde, haar hoofd bonkte. Het kon haar niets schelen. Als die haai in haar hoofd maar stopte met zwemmen.

NEE TEGEN BONT!!!

3 Michael voor bont

Michael staarde naar het beeldscherm.

NERTSEN

De nerts of mink is een slank roofdier met korte pootjes. Hij leeft in bebost gebied en grasland dicht bij water: langs rivieren en beken, meren en moerassen. Zijn belangrijkste prooidier is de muskusrat, maar hij jaagt ook op rivierkreeften, vissen, watervogels, konijnen, muizen, reptielen als slangen en schildpadden, kikkers, weekdieren en regenwormen. De paartijd duurt van januari tot april. In april en mei worden een tot zeventien jongen (meestal vier tot zeven) geboren. De jongen komen ter wereld in een nest dat is bedekt met haar, veren en droge plantendelen. Dit nest ligt vaak in een hol onder boomwortels of tussen de rotsen. Alleen de moeder zorgt voor de jongen. Ze verdedigt het nest en brengt de jongen voedsel. De jongen wegen acht tot tien gram bij de geboorte. Na vijf tot zes weken worden de jongen gespeend. De moeder leert de jongen jagen tot ze een week of tien oud zijn. Na dertien à veertien weken zijn de jongen zelfstandig. De nerts wordt maximaal tien jaar oud. In Nederland wordt de nerts veelvuldig gehouden in bontboerderijen.

Michael las de letters wel, maar de woorden kwamen niet in zijn hoofd. Niet dat het veel uitmaakte. Hij wist toch wel wat er stond. Waarschijnlijk wist hij zelfs meer van nertsen dan die encyclopedie. Nogal logisch als je al je hele leven op een nertsenfarm woonde. Als kleuter had hij al geholpen met het schoonmaken van de stallen.

Zijn blik dwaalde naar de laatste zin op het beeldscherm. *In Nederland wordt de nerts veelvuldig gehouden in bontboerderijen.* Maar hoelang nog? dacht Michael. Als het aan die stomme politiek lag, zouden ze misschien morgen al moeten stoppen. Alles waar zijn ouders zo hard aan hadden gewerkt zou zomaar vernietigd worden.

En waarom? Omdat die achterlijke mensen dachten dat de nertsen mishandeld werden. Stelletje sukkels!

De nertsen hadden het toch hartstikke goed in hun boerderij? Ze hadden redelijk veel ruimte, speeltjes in de kooi, vers water en goed eten.

Het werd pas erg als het in Nederland verboden werd. Dan gingen ze natuurlijk gewoon in Rusland meer nertsen fokken, wist Michael. Of in China. En daar hebben de beesten het pas écht slecht. In China worden de nertsen gewoon met z'n tienen in een piepklein hokje gezet. En dan hoe ze de dieren doden …

Hij slikte en schudde zijn hoofd. Dat was het! Daar moest zijn spreekbeurt morgen over gaan! Hij opende een nieuwe pagina en begon te typen:

Help de nertsen!

Veel mensen zijn tegen bont omdat ze zogenaamd van dieren houden. Maar als je echt van dieren houdt, moet je juist vóór de nertsenfarm zijn. En tegen het verbod op bontboerderijen. Want …

14

'Michael?'
De slaapkamerdeur ging open. Michaels moeder stak haar hoofd
om het hoekje.
'We gaan eten,' zei ze zacht.
Té zacht, hoorde Michael. Hij wist precies wat dat betekende.
Het voelde alsof er een ballon in zijn maag werd opgeblazen. Hij
zou zeker geen hap door zijn keel krijgen. Toch stond hij op en
hij volgde zijn moeder naar beneden.
Er was voor drie personen gedekt, maar de plek van Michaels
vader was leeg.
'Pa ...?' begon Michael.
'Zit even in de schuur te sleutelen,' zei zijn moeder.
Michael ging aan tafel zitten. Hoewel hij het antwoord al wist,
vroeg hij het toch. 'De stemming? Wat is het geworden?'
Zijn moeder zette de pan met aardappelen met een zucht op tafel.
'Voor,' antwoordde ze. 'De meerderheid was voor het verbod.'
De ballon in Michaels maag knapte. Natuurlijk wist hij dat dit
kon gebeuren. Hij had het zelfs verwacht. En toch ... nu het écht
zo was ...
Duizenden gedachten tolden door zijn hoofd. Ze moesten de
farm verkopen om de schuld af te betalen. Ze moesten hier weg.
Ze moesten naar de stad verhuizen. Hij zou zijn vrienden ver-
liezen. Hij zou alles verliezen. Alles!
Zijn moeder pakte zijn schouders vast.
'Het komt wel goed,' zei ze zacht.
'Het komt niet goed!' Michael rukte zich los. 'Die stomme
politiek!' schreeuwde hij. 'Ze begrijpen niets. Helemaal niets!'
Zijn stem sloeg over. Hij duwde zijn stoel naar achteren en stond
op. 'Ik ... ik ga naar pa.'

4 De haai

Bobbie sloop op haar tenen naar haar slaapkamer.
'Bobbie?'
Ze bleef verstijfd staan. Dit kón niet waar zijn! Normaal gesproken hoorde haar vader niets als hij aan het werk was. Je kon een fanfare voor zijn deur laten spelen, een kanon afschieten en het luchtalarm laten afgaan: pap gaf geen kik. Maar nu ... nu zíj op haar tenen over het zachte tapijt sloop, hoorde hij het opeens!
'Bobbie?' herhaalde haar vader.
Met een zucht opende Bobbie de deur van de werkkamer en ging naar binnen.
Haar vader draaide zijn bureaustoel en keek haar aan.
Bobbie staarde naar zijn mond. Foute boel!
Normaal had haar vader altijd een glimlach op zijn gezicht. Zelfs als hij iets moest doen wat hij echt haatte, zoals stofzuigen. Maar nu was zijn mond een rechte streep: lippen als een liniaal.
'Ik werd vanochtend gebeld door je school,' begon hij. 'Ze vroegen of je ziek was.' Hij wachtte even en keek haar onderzoekend aan.
Mooi niet! dacht Bobbie. Ik ga echt niet uit mezelf vertellen waar ik geweest ben.
'Ik heb je ook proberen te bellen op je mobiel,' ging haar vader verder. 'Maar je nam niet op.'
'De batterij was op,' loog Bobbie.
Haar vader rolde met zijn ogen. 'Bobbie, ik heb geen zin in spelletjes. Vertel nu maar gewoon waar je was.' Zijn stem klonk zwaar.
Met flink wat tegenzin begon ze te vertellen. Over de actie van Bond tegen Bont waarover ze op hun site gelezen had. Dat ze

zich had aangemeld. Dat ze met de trein naar Den Haag was gegaan. En dat ze gedemonstreerd hadden. 'En het is gelukt, pap!' besloot ze. 'Die wet tegen bont is aangenomen. Goed hè?'

Haar vader staarde haar een paar seconden aan. Toen glimlachte hij.

Bobbie liet een zucht van opluchting ontsnappen. Ze ging snel bij haar vader op schoot zitten. De bureaustoel kraakte een beetje. 'Zul je het niet tegen mama vertellen?' vroeg ze snel.

Haar vader grinnikte. 'Op één voorwaarde. Als je de volgende keer weer zoiets wilt doen, moet je het aan mij vertellen. Dan ga ik met je mee.'

'Écht?' vroeg Bobbie. 'Ook als ik dan moet spijbelen?'

'Vrij nemen,' verbeterde haar vader haar. 'Sommige dingen zijn gewoon belangrijk.'

Bobbie gaf haar vader een vette zoen op zijn wang.

'En trouwens,' zei haar vader, 'ik heb tegen je school gezegd dat je ziek was. Dus morgen even een paar keer hoesten, oké?'

Bobbie giechelde en gaf haar vader nog een zoen. Ze stond op en hoestte een paar keer overdreven. 'Zoiets?'

'Nog even oefenen,' antwoordde haar vader. Hij draaide zijn stoel weer naar het beeldscherm.

Bobbie liep naar buiten en sloot de deur achter zich. Haar vader was echt fantastisch! Deze dag was echt fantastisch! Alles was fantastisch! De bontboerderijen waren verboden en ... de haai. Bobbie zuchtte. Ze wilde wel met haar hoofd tegen de slaapkamerdeur bonken. Maar dat hielp toch niets. Die haai was maar op één manier te stoppen: ze moest antwoorden vinden op haar vragen. Ze moest nóg meer over bontboerderijen te weten komen.

Ze liep naar haar slaapkamer en zette de computer aan. Op internet zouden vast nog meer filmpjes staan. Ze opende de zoekmachine en typte: *bontboerderij*.

5 Boenwas en smeerolie

Michael schoof de grote deur van de schuur open en stapte naar binnen. De geur van boenwas en smeerolie vulde zijn neus.

Hij werd er een beetje misselijk van. Niet omdat hij die geuren vies vond. Helemaal niet zelfs, hij rook niets liever dan boenwas en smeerolie. Het herinnerde hem aan al die uren dat hij hier samen met zijn vader gewerkt had. Samen sleutelen.

Dat alles zou binnenkort verdwenen zijn. Dát maakte hem zo kotsmisselijk.

Hij slikte een paar keer en liep naar de Mercedes achter in de schuur. Zijn vader stond met een witte doek de motorkap te boenen.

Zwijgend kwam Michael bij hem staan. Zijn vader keek even op en boende toen verder. Het was doodstil in de schuur. Michael durfde niets te zeggen. Elk woord was te veel. Elk woord zou pijn kunnen doen. Met ingehouden adem luisterde hij naar het geluid van de zachte doek over de gladde lak.

Eindelijk zei zijn vader iets. 'Weet je nog dat we hem kochten?' Michael knikte. Natuurlijk wist hij dat nog. Vijf jaar geleden hadden ze de oude Mercedes gekocht.

'Weet je nog hoe hij er toen uitzag?' vroeg zijn vader. Hij pauzeerde even, maar gaf toen zelf het antwoord: 'Een roestbak met deuken.' Hij grinnikte kort. 'En kijk nu eens!' Michaels vader rechtte zijn rug, kwam naast hem staan en sloeg een arm om hem heen.

'Onze wagen, maatje!'

Michael staarde door zijn tranen naar hun spiegelbeeld in

de glimmende motorkap. Hij kon zijn vraag niet meer tegenhouden. 'Moeten we de boerderij verkopen, pap?'
Zijn vader liet hem los en liep naar de werkbank. Met zijn rug
naar Michael begon hij te praten.
'Toen je moeder en ik deze boerderij kochten, was het een
varkensstal,' vertelde hij. 'Een oude, vieze varkensstal.'
Hij draaide zich en zei: 'We moesten die stal slopen en nieuwe
stallen voor de nertsen bouwen. We moesten ook nertsen kopen.
Daarvoor hebben we veel geld van de bank moeten lenen. Heel
veel geld.'
'Dus we moeten de boerderij verkopen?' vroeg Michael.
'Als die wet doorgaat wel,' antwoordde zijn vader rustig.
'Maar die wet gáát door,' zei Michael. 'Er is toch vóór gestemd?'
Hij schudde zijn hoofd. Wist zijn vader dat dan nog niet? Of
wilde zijn vader het gewoon niet geloven?
'De vereniging van nertsenboeren heeft nog een rechtszaak
tegen de regering lopen,' zei zijn vader kalm. 'Misschien gaat de
regering ons wel een vergoeding geven.'
Misschien?! Misschien?! Michael beet zijn kiezen op elkaar.
Hoe kon zijn vader zo rustig blijven? Het leek wel of het hem
helemaal niets kon schelen!
'En de wagen dan?' vroeg Michael schor. 'Moeten we die dan
ook verkopen?'
Zijn vader keek op. Michael zag hoe zijn vaders vingers de
poetsdoek wurgden. Gelukkig, dacht hij, dat rustige gedoe is
dus alleen maar toneelspel. Hij wil mij natuurlijk niet ongerust
maken.
'Nou?' vroeg hij. 'Moeten we hem verkopen?'
Zijn vader kwam naar hem toe, legde zijn handen op zijn schouders en keek hem recht in de ogen.
'Het komt wel goed, maatje,' zei hij hees. Hij drukte Michael
stevig tegen zich aan. Boenwas en smeerolie.

6 Vijf miljoen nertsen

Het duurde niet lang voordat Bobbie een filmpje over een bontboerderij gevonden had: *5 miljoen nertsen in Nederland vermoord.* Had ze deze video al eerder gezien? Ze kon zich het in ieder geval niet meer herinneren. Ze drukte op play.

Er verschenen beelden van grote stallen met kleine hokken, en hoge hekken met schrikdraad. Sombere muziek begon te spelen en een donkere mannenstem sprak:

'In Nederland worden jaarlijks vijf miljoen nertsen gefokt. Nederland is de op twee na grootste leverancier van nertsenbont met een omzet van meer dan honderd miljoen euro per jaar. De meeste Nederlanders zijn tegen het dragen van bont en vóór een verbod op de nertsenfok.

In het voorjaar worden de pups geboren. Ze groeien op in heel kleine kooien. Een halfjaar later worden ze gedood voor hun bont. Een bontnerts leeft maar zeven maanden en dit leven is een regelrechte hel! In de kooien hebben ze weinig bewegingsruimte. Vaak bezeren ze hun pootjes aan het gaas. Hun voedsel is een bruine pap gemaakt van slachtafval die op de kooi wordt gegooid.

In het wild leven en jagen nertsen het liefst alleen. Alleen tijdens de paartijd zijn ze samen. Dit gedrag is onmogelijk in gevangenschap. Duizenden nertsen op één fokkerij: dat brengt veel stress met zich mee voor een dier dat bij voorkeur alleen leeft. Ze vertonen dagelijks gefrustreerd gedrag. Hun hulpeloze kreten geven je een naar gevoel. Met hun pootjes krabbelen ze aan de wanden van de kooi in de hoop te ontsnappen aan dit troosteloze bestaan. Er moet nu een eind komen aan het kwellen en vermoorden van deze prachtige dieren!'

De muziek zwol aan en er werd ingezoomd op de ogen van een dode nerts.
Snel stopte Bobbie het filmpje. Ze moest moeite doen om niet te kokhalzen. Maar de haai in haar hoofd was tenminste gestopt met zwemmen. Deze video was het antwoord op haar vragen. Natuurlijk hoefde ze niet naar zo'n boerderij om te weten hoe het eraan toeging. Deze beelden zeiden toch genoeg?
Alleen … deed zíj wel genoeg?
Oké, ze had gedemonstreerd.
Oké, de wet was aangenomen.
Maar was dat wel voldoende? Het duurde vast nog een hele tijd voordat die wet ook echt werd doorgevoerd. In die tussentijd konden nog duizenden nertsen vermoord worden!
Opeens wist ze wat ze moest doen. Het was zó logisch. Waarom had ze dit niet eerder bedacht? Ze moest wél naar een bontboerderij. Maar niet om te kijken hoe het daar was. Dat wist ze door al die filmpjes allang.
Nee, ze moest om een andere reden naar een bontboerderij. Ze moest de nertsen vrijlaten voordat ze vermoord werden!

Bobbie opende opnieuw de zoekmachine en typte: *adres bontboerderij*. 12.034 hits. Daar moest wel wat tussen staan. Ze keek snel door de titels van de gevonden websites.
Verbod op bontboerderijen
BN'ers in actie tegen bontboerderijen
Eerste Kamer stemt tegen bontboerderijen
Bobbie scrolde omlaag. Alleen maar nieuws. Geen adres.
Ze klikte naar de volgende pagina. Weer niets. Misschien moest ze op iets anders zoeken.

Ze typte: *adres nertsenfarm*. 14.876 hits. Zuchtend keek Bobbie naar de titels. Dit was precies hetzelfde. Weer alleen maar nieuws over het verbod en over acties tegen bont. Ze probeerde nog: *pelsfokkerij*, maar ook dat leverde niets op. Waarom stond er nou nergens een adres van zo'n boerderij? Werden die soms geheim gehouden of zo?
Ze sloot de zoekpagina en surfte naar www.bondtegenbont.org. Misschien kon iemand haar daar helpen.
Ze klikte op 'inloggen'.

Gebruikersnaam: **Bobbie tegen Bont**
Wachtwoord: ★★★★★★★★★

Toen ze ingelogd was, opende ze het chatvenster.

Bobbie tegen Bont zegt: Kan iemand mij helpen? Weet iemand soms waar een bontboerderij is?????

Het duurde niet lang voordat ze antwoord kreeg.
Anouk meldde zich aan. Op het fotootje naast de tekstbox zag Bobbie een meisje met een knap gezicht. Haar ogen waren helderblauw. Ze keken met een doordringende blik in de camera. Het leek wel of ze je via het beeldscherm echt aankeek.

Anouk zegt: Ik weet wel zo'n boerderij.
Maar waarom wil je dat adres weten?
Wacht! Zullen we privé gaan? Kijken er geen losers mee ...

Bobbie tegen Bont zegt: Ok.

23

Ze schakelde 'privé' in en begon weer te typen.

 Bobbie tegen Bont zegt: Ik wil gewoon een keertje naar zo'n boerderij.

 Anouk zegt: Wil je zien hoe die dieren gemarteld en vermoord worden?????

 Bobbie tegen Bont zegt: Nee, natuurlijk niet!!!! Maar eh ...

Bobbie stopte even met typen. Ze twijfelde. Moest ze haar plan aan Anouk vertellen? Misschien wilde Anouk haar tegenhouden. Misschien zou Anouk ...

 Anouk zegt: Je wilt zeker de nertsen bevrijden?

 Bobbie tegen Bont zegt: Waarom vraag je dat?

 Anouk zegt: Omdat ik dat ook wil ...

 Bobbie tegen Bont zegt: Echt?!!! En jij weet waar zo'n boerderij is?
Ik kon nergens op internet een adres vinden ...

 Anouk zegt: Nogal logisch! Dat houden ze natuurlijk liever geheim. Ze willen niet dat iemand de dieren komt bevrijden. Smerige moordenaars!

Bobbie tegen Bont zegt: En waar is die boerderij dan?

Anouk zegt: In Rijkevoort.
Maar eh ... zullen we samenwerken?
Samen zijn we sterker. Zullen we afspreken?

Bobbie wachtte even met antwoordden. Afspreken ...
Ergens in haar hoofd gingen duizend alarmbellen af. Werd hier niet altijd voor gewaarschuwd? Maak geen afspraken met mensen met wie je chat. Voor je het weet heb je een date met een vieze oude man!

Bobbie tegen Bont zegt: Sorry hoor, maar je bent toch niet een kinderlokker of zo?

Anouk zegt: Hahahaha. Ik ben zoals op de foto.
Zullen we morgen afspreken?

Bobbie tegen Bont zegt: Morgen moet ik naar school.

Anouk zegt: Kun je niet spijbelen?

Bobbie tegen Bont zegt: Heb ik vandaag al gedaan.
Mijn vader was best boos.

Anouk zegt: Zaterdag dan?

25

Bobbie dacht even na. Zaterdag zou wel kunnen. Haar vader was dan naar voetbal en haar moeder lag altijd uit te slapen. Ze kon gemakkelijk ongemerkt weggaan. En als het laat zou worden, kon ze nog een smoes verzinnen. Logeren bij Eefje of zo.

Bobbie tegen Bont zegt: Zaterdag is goed.

Anouk zegt: Mooi! Zaterdag om 11.00 uur op station Rijkevoort?

Bobbie tegen Bont zegt: Oké.

Anouk zegt: Zaterdag gaan we de nertsen bevrijden uit de klauwen van die smerige moordenaars!

26

7 De nertsenfarm

'U hebt uw bestemming bereikt,' zei de vrouwenstem van het navigatiesysteem. Joost van Tellingen reed langzaam langs de nertsenfarm. Hier was het dus. Hij zag een hoog metalen hek dat was afgezet met schrikdraad. Net een strengbewaakte gevangenis.

Was het maar waar, dacht Joost. Mocht ik maar eens echte criminelen interviewen. Echte misdaadverslaggeving.

Hij parkeerde zijn auto op een stukje gras en geeuwde.

Vanochtend was weer eens een ramp geweest. Zoals elke ochtend waren de verslaggevers van *Nieuws dat je raakt!* bij elkaar gekomen. De taken werden verdeeld. Eva en Herman kregen natuurlijk de toponderwerpen. Dat was logisch, zij waren hier al jaren. Maar daarna ... Een ontvoering in de hoofdstad: Marieke. Illegale mensenhandel: Jan-Willem. Pas toen bijna alles op was, werd zijn naam genoemd.

'Joost,' zei de chef, 'jij doet een vervolg op het onderwerp van gisteren.'

'Over de nertsen?!' Joost had niet eens moeite gedaan om zijn verontwaardiging te verbergen.

'Over de nertsen,' herhaalde de chef rustig. 'Je gaat naar zo'n nertsenfarm. Reacties peilen. Hoe reageren de bontboeren op de stemming van gisteren?'

'Maar ik ...' begon Joost.

De chef liet hem niet uitpraten. 'Dat is jouw kracht, Joost,' zei ze. 'Jij bent goed met mensen en emoties.'

'Als je het vandaag maar niet te bont maakt,' grapte Jan-Willem. Iedereen grinnikte.

Joost zweeg. Jan-Willem was een eikel. Hij was pas een halfjaar bij het programma en toch kreeg hij al zware misdaadonder-
werpen. Niet zonder reden natuurlijk.
Als er een gebouw op instorten stond, was Jan-Willem er precies
op het moment van instorten. Als er een bank werd overvallen,
was Jan-Willem er precies op het moment dat de overvallers
naar buiten kwamen. Jan-Willem was altijd en overal op precies
het goede moment.
Een neusje voor het nieuws, noemde de chef dat.
Gewoon vette mazzel, vond Joost.
De chef had hem een papiertje met een adres gegeven. 'Nertsenboerderij Martens,' had ze gezegd. 'In Rijkevoort.'

Joost pakte zijn tas met apparatuur en stapte uit. Hij liep naar een
hoog toegangshek met gevaarlijke punten erop. Naast het hek
hing een bel met intercom en camera.
Joost belde aan.
'Martens,' zei een zware mannenstem door de intercom.
'U spreekt met Joost van Tellingen van *Nieuws dat je raakt!*. Wij
hebben een afspraak voor een interview.'
'Juist. Ik kom eraan.'
Joost haalde zijn microfoon uit zijn tas en zette de koptelefoon
op. Hij schakelde het opnameapparaat aan en testte het even. Dat
was oké. Hij drukte op 'opnemen':

Joost: *Ik sta hier voor de nertsenfarm van de familie*
           Martens. Meneer Martens opent het hek voor me.
           Dag, meneer Martens.
Martens: *Goedemorgen.*
Joost: *We gaan het erf op. Het terrein staat vol met grote*
           stallen. Hoeveel nertsen hebt u hier?
Martens: *Veertigduizend.*

Joost: *En hoeveel vachten zijn dat per jaar?*

Martens: *Zo'n vijfendertigduizend.*

Joost: *We lopen nu een van de stallen in. Zó, dat stinkt wel, hè?*

Martens: *Nertsen poepen ook. En behoorlijk veel. Bij een koe duurt het een tijdje voor alles verteerd is. Maar bij een nerts loopt het er bijna meteen weer aan de achterkant uit.*

Joost: *De nertsen zitten hier in kooien. Vindt u het niet zielig dat die beesten hun leven lang in een kooi zitten?*

Martens: *Nee! Kijk, elk dier dat gevangenzit in een kooi zal zich, naar mijn mening, niet gelukkig voelen. Hij zal veel liever in vrijheid leven.*

Joost: *Maar die nertsen zitten wél gevangen. Waarom doet u dat dan?*

Martens: *Hoe moet ik het anders doen?*

Joost: *Nou ja, gewoon niet doen.*

Martens: *Maar het is wel mijn leven. Dit is mijn leven. Dit wil ik niet kwijt!*

Joost: *Maar u geeft toe dat die kooien voor de nertsen niet ideaal zijn?*

Martens: *Natuurlijk. Maar wij proberen de hokken wel zo diervriendelijk mogelijk te maken. Er zijn speeltjes zodat de dieren zich minder vervelen. En in de loop der jaren is de kooi ook groter geworden.*

Joost: *Maar het blijft een kooi!*

Martens: *(zucht) Varkens en kippen zitten toch ook in hokken? Wat is het verschil?*

Joost: *Nou ja, kippen en varkens kun je eten.*

Martens: *Ja en?*

Joost: *Een bontjas is alleen maar luxe.*

Martens: *En vlees niet? Is het dan geen luxe dat wij elke dag vlees eten?*

Joost: *We lopen verder door de stal. Halverwege staat een*
           jongen van een jaar of twaalf.
Martens: *Dit is mijn zoon. Michael, pak er eens eentje.*
Joost: *Michael opent een van de hokken en haalt er een*
           jonge nerts uit. Het diertje ligt rustig in zijn hand.
Martens: *Ik hou van die dieren.*
Joost: *En toch vermoordt u ze.*
Martens: *Ik moet wel. Ik kan niet anders. Een varkensboer*
           moet toch ook zijn varkens slachten?
Joost: *En wat vind jij ervan, Michael? Wat vind jij van het*
           verbod?
Michael: *Ik vind het onzin! Die mensen van de regering weten*
           helemaal niet waarover ze praten. Het zijn gewoon
           idioten!
Joost: *Zo, dat is duidelijk. En hoe gaat het nu verder,*
           meneer Martens?
Martens: *Er loopt nog een rechtszaak tegen de regering.*
           We eisen een goede schadevergoeding.
Joost: *U klinkt niet alsof u daar veel vertrouwen in*
           hebt. Wat gebeurt er als die schadevergoeding er
           niet komt?
Martens: *(stilte) Dan zijn we alles kwijt. Dan moet ik de hele*
           boel verkopen. Alles waar we jarenlang, zeven dagen
           in de week, keihard voor hebben gewerkt. Dan wordt
           alles van ons afgepakt. Alles!
Joost: *Gaat u actie voeren?*
Martens: *(snuift) Actie voeren is zinloos. De hoge heren in Den*
           Haag luisteren toch niet naar ons. Maar we leggen
           ons er niet bij neer. We laten ons niet alles afpakken
           wat we in jaren met onze eigen handen hebben op-
           gebouwd. Ze krijgen niets van me! Helemaal niets.
Joost: *Wat bedoelt u?*

Martens: *Wat ik zeg. Ze krijgen niets. Meer zeg ik niet.*
Joost: *We lopen nu weer naar buiten. Naar de metershoge*
         muur met schrikdraad.
Joost: *Dat ziet eruit als een gevangenis, hè?*
         Waarom is dat eigenlijk?
Martens: *Er zijn mensen die denken dat ze slim zijn door*
         de dieren los te laten.
Joost: *De activisten, bedoelt u. Die hekken zijn tegen de*
         dierenactivisten?
Martens: *Terroristen! Dát zijn het. Dat hek is tegen die*
         terroristen.
Joost: *Het hek wordt achter me gesloten. De vraag is of*
         deze farm ook in de toekomst gesloten wordt.

Joost drukte op' stop'. Weer een onderwerp, weer een dag. Nu
naar de studio om de opname te bewerken.
Hij deed zijn koptelefoon en microfoon weer in de tas. Hij
bedankte meneer Martens.
'Succes!' zei hij. Waarmee eigenlijk? Met de rechtszaak tegen
de regering? Met het verkopen van de boerderij? Wat vond hij er
eigenlijk zelf van?
Hij liep naar zijn auto en keek toch nog even om. Als Jan-Willem
hier zou lopen, zou er vast iets spannends gebeurd zijn. Een
activist die over het hek klom en alle veertigduizend nertsen
bevrijdde.
Joost zag het voor zich en moest even grinniken. Dat zou bij
Jan-Willem gebeuren. Niet bij hem. Hij was Joost. Joost: journalist van saaie onderwerpen.
Hij opende zijn auto en stapte in. Hij had dringend behoefte aan
een colaatje en een vette hap. Zou er ergens in dit gat een eetcafé
zijn?

31

8 Cafe De Uitdaging

Joost ging aan een tafeltje bij het raam zitten. *Café De Uitdaging.* Erg goed klonk dat niet. Net alsof het een uitdaging was om hier te eten. Was het eten hier dan zo slecht?
Niet klagen, dacht hij. Het was sowieso al een wonder dat er in dit gat een eetcafé was. Het centrum van Rijkevoort was zo klein dat Joost er de eerste keer gewoon voorbij gereden was. Het duurde meer dan tien minuten voordat er eindelijk een serveerster aan zijn tafel verscheen. Het was een jong meisje met een knap gezicht. Haar ogen waren helderblauw. Ze keek hem doordringend aan en zei: 'Goedemiddag, ik ben Anouk. Hier is de kaart.'
Erg vriendelijk klonk het niet. Meer als een versje dat ze uit haar hoofd geleerd had.
Joost pakte de kaart aan en sloeg hem open. Ondertussen stond Anouk kauwgomkauwend te wachten.
'Doe maar een cola en een broodje bal met friet,' zei Joost ten slotte. Daar kon weinig aan fout gaan. Tenminste, dat hoopte hij maar.
'Cola, broodje bal, friet,' herhaalde Anouk. Ze griste de kaart uit zijn handen en verdween naar achteren.
En dan zeggen ze dat mensen in een dorp altijd aardiger zijn, dacht Joost. Hij keek het meisje na. Eigenlijk paste ze hier ook helemaal niet. Ze zag er eerder uit als iemand uit een grote stad. Hoe zat dat? Waarom woonde ze hier?
Na een paar minuten kwam het meisje terug. Met een klap zette ze een glas cola en een bord met broodje bal en friet voor hem neer.
'Dankjewel,' zei Joost.

33

Anouk keek hem strak aan. 'Leve de bio-industrie,' zei ze. 'Vlees is moord.' Ze draaide zich om en liep weg.

Joost schudde zijn hoofd. Die meid spoorde echt niet.

Hij keek naar zijn bord. Dat zag er nog niet eens slecht uit.

Leve de bio-industrie. Vlees is moord.

Ergens had die Anouk wel gelijk. Die bal gehakt was waarschijnlijk gemaakt van varkens die in veel te kleine hokken zaten.

Meteen moest hij weer aan de kooien met nertsen denken. Bontmantels waren overbodige luxe. En een broodje bal dan? Was dat dan geen overbodige luxe? Hij schoof de bal gehakt iets opzij en begon aan de friet.

'Vond u het vlees niet lekker?' vroeg Anouk. Ze wees naar de bal gehakt die nog heel op het bord lag.

'Nou ja,' begon Joost, 'de bio-industrie, hè?'

Anouk grijnsde. Ze wilde het bord van tafel pakken, maar Joost hield haar tegen. 'Waarom zei je dat eigenlijk? Dat over de bio-industrie.'

'Omdat het zo is,' antwoordde Anouk. 'Die dieren worden gemarteld en dan vermoord.'

'En wat vind je dan van de nertsen?'

Anouk leek te schrikken. Haar gezicht trok spierwit weg.

'Waarom vraagt u dat?' vroeg ze achterdochtig.

Joost haalde zijn schouders op. 'Gewoon, omdat je ook tegen de bio-industrie bent ...'

Anouk keek hem even onderzoekend aan. 'Die nertsenboeren zijn moordenaars. '

Ze pakte het bord van tafel en zei: 'De nertsen moeten bevrijd worden. En de moordenaars moeten gestraft worden. Zo snel mogelijk.'

De klank in haar stem gaf Joost kippenvel. Er was iets met dit meisje. Hij herkende de klank in haar stem, de blik in haar ogen.

34

Zo klonken mensen die iets van plan waren. Zo keken mensen die in actie kwamen. De woorden van het meisje waren niet gewoon woorden. Dit was geen bluf. Zijn ervaring als verslaggever zei genoeg. Die Anouk was een tikkende tijdbom die op ontploffen stond.

Hij rekende af en liep naar zijn auto. In de wagen dacht hij na. Wat moest hij doen? Moest hij naar de politie gaan? En dan? Wat moest hij zeggen? Ik denk dat een meisje een aanslag op een nertsenfarm wil plegen. Welke bewijzen had hij? Geen enkel. Het was alleen maar een vaag gevoel.

Hij haalde een paar keer diep adem. Er was maar één manier. Hij zou die Anouk persoonlijk in de gaten moeten houden. Als ze dan wat zou doen, dan zou hij erbij zijn.

Een vreemd, opgewonden gevoel stroomde door zijn lichaam. Misschien ... misschien gebeurde er eindelijk eens iets! Misschien had hij vandaag wel geluk. Heette dit soms 'een neusje voor het nieuws'?

Hij pakte zijn mobiel en belde de redactie. 'Ik ben iets op het spoor. Ik blijf nog even in Rijkevoort.' Het duurde even voordat hij de chef overtuigd had. Eindelijk ging ze akkoord. 'Eén dag,' zei ze. 'Meer niet.'

Joost drukte tevreden zijn telefoon uit. Hadden ze in dit gat soms ook een hotel?

9 De ondervraging

Koffie? Bobbie kon haar neus niet geloven. De geur van koffie kwam haar tegemoet toen ze de trap af liep. Dit kón niet! Het was zaterdagochtend: haar moeder moest nog tot zeker halfelf in bed liggen.

Toch zag Bobbie haar aan de keukentafel zitten. Ze knaagde aan een stuk toast en las in een tijdschrift.

'Mam?' vroeg Bobbie verbaasd. 'Waarom ben je al wakker?'

Haar moeder keek op van het tijdschrift.

'Dat klinkt alsof je me niet beneden wilt hebben,' zei ze achterdochtig. 'Ben je soms iets van plan?'

'Nee, nee, nee,' zei Bobbie snel. 'Alleen ... meestal lig je nu nog zeker twee uur in bed.'

'Vandaag niet,' antwoordde haar moeder. 'Het was zulk mooi weer dat ik dacht: laat ik eens lekker vroeg opstaan.'

Lekker vroeg opstaan! Bobbie kon nog net een zucht onderdrukken. Lekker dan. Waarom had haar moeder juist vandaag het vroegevogelvirus? Net nu zij ongemerkt uit huis wilde ontsnappen. Hoeveel pech kon je hebben?

'Wil je ook een lekker ontbijtje?' vroeg haar moeder. 'Ik kan een eitje voor je bakken of een tosti maken of ...'

'Nee,' zei Bobbie snel. Ze keek haastig op haar horloge. Halfnegen. Ze moest de trein van drie minuten over negen hebben. Het was zeker een kwartier fietsen naar het station. Dan nog een kaartje kopen. Een uitgebreid ontbijt was echt onmogelijk.

'Ik neem wel een krentenbol,' zei ze. 'Voor onderweg.'

'Onderweg?' vroeg haar moeder. 'Wat ga je dan doen?'

Bobbie slikte. Balen! Hier had ze niet op gerekend. Anders had

ze van tevoren een fantastische smoes kunnen verzinnen.
'Eefje,' zei ze. 'Ik ga naar Eefje ... winkelen.'
'Zo vroeg?' vroeg haar moeder. 'De meeste winkels zijn nog niet eens open.'
Bobbie kon zichzelf wel voor haar kop slaan. Nadenken!
'Eefje wil graag de eerste zijn,' zei ze. 'Voor de uitverkoop, bedoel ik.'
'Ik wist helemaal niet dat er uitverkoop was,' zei haar moeder.
Bobbies brein maakte overuren. 'In sommige winkels wel,' zei ze zo rustig mogelijk. 'Ik begrijp Eefje ook niet, hoor. Maar ze wil er nu eenmaal zo vroeg zijn.'
Haar moeder keek haar onderzoekend aan. Alsof ze de smoes aan het beoordelen was.
Bobbie trok haar onschuldigste gezicht. Bij haar moeder maakte ze nog een kans. Haar vader had haar allang ontmaskerd.
'Zal ik anders meegaan?' vroeg haar moeder. 'Ik heb wel weer zin om te winkelen. Dan kunnen we lekker een patatje eten en ...'
'Ma-ham!' zei Bobbie zuchtend. 'Ik ben geen klein kind meer. Eefje en ik gaan samen.'
Haar moeder zuchtte teleurgesteld. 'Kleine meisjes worden groot. Nou, veel plezier, lieverd.'
Bobbie kon wel juichen. Ze had de ondervraging overleefd. Ze greep een krentenbol van tafel, gaf haar moeder een kus en rende het huis uit.
Terwijl ze haar fiets uit het schuurtje pakte, keek ze op haar horloge. Kwart voor negen?! Ze vloekte binnensmonds. De ondervraging had veel te veel tijd gekost. Ze sprong op haar fiets en begon als een bezetene te fietsen.
Met een bezwete rug kwam ze bij het station aan. Ze zette haar fiets op slot en holde naar de kaartjesautomaat. Nee hè, een rij! Kon er vandaag nou niets gemakkelijk gaan?
Ongeduldig sloot ze aan. De rij slonk tergend traag. Voor haar

stond een bejaarde vrouw. Ook dat nog. Die wist natuurlijk niet hoe zo'n automaat werkte. Lekker dan.

Eindelijk was ze aan de beurt. Vliegensvlug trok ze een trein-kaartje. Ze rende de trap op naar perron vijf. De trein stond er al. De conducteur had de fluit in de mond.

'Wacht!' schreeuwde Bobbie. Ze trok een sprintje en sprong. Net op tijd wist ze zich door de sluitende deuren naar binnen te werken. Ze had het gehaald!

10 Station Rijkevoort

'Het volgende station is Rijkevoort,' zei de toonloze stem door de intercom. 'Station Rijkevoort.'
Bobbie stapte als enige uit de trein. Het kleine station van Rijkevoort zag er verwaarloosd uit. De tegels zaten onder het mos, de muren stonden vol met graffiti. Bobbie keek om zich heen. Waar was Anouk? Ze haalde haar mobiel tevoorschijn en opende Berichten.

> Ben om halfelf op station Rijkevoort.
> Zie je dan! Anouk.

Maar waar was ze dan? Stond ze soms voor het station te wachten?
Bobbie opende een nieuw bericht en begon te toetsen.

> Ik ben op het station.
> Waar ben je?

Bobbie drukte het bericht weg. Nee, ze moest niet sms'en. Dan leek het net of ze een klein kind was. Alsof ze bang was.
Langzaam begon ze naar de uitgang te lopen. Met elke stap groeide haar twijfel. Was dit wel verstandig? Oké, ze had een foto van Anouk gezien. Maar wat betekende dat nou? Een vieze, ouwe man kon toch ook gewoon een foto van een ander gebruiken? Misschien liep ze regelrecht in een val van een kinderlokker!

Ze hield haar mobiel in de aanslag. Als ze iets verdachts zag, zou ze meteen de politie bellen: 1-1-2.

Ze liep de trap af en kwam in een schemerig gangetje. Het stonk er naar pies en peuken. Haar vingers klemden om het mobieltje.

'Hoi.'

Bobbies hart sloeg een slag over. Ze draaide zich om en keek. Ze zag een meisje in donkere kleding: een dikke zwarte panty, daarboven een donkerpaars kort rokje en een zwart jasje. Twee helderblauwe ogen keken haar aan. Anouk!

Bobbie kon haar wel omhelzen van opluchting. Maar dat deed ze natuurlijk niet. Anouk leek haar nou niet echt het knuffeltype.

'Schrok je?' vroeg Anouk, terwijl ze een peuk op de grond gooide.

'Natuurlijk niet,' loog Bobbie. 'Ik verwachtte je gewoon niet hier.'

Anouk glimlachte. 'Gelukkig maar,' zei ze. 'Ik hou niet van bange meisjes. Kom mee.'

Bobbie volgde Anouk door het donkere gangetje naar buiten.

'Dit is nou het mooie Rijkevoort,' schamperde Anouk. Ze wees om zich heen.

Bobbie zag een slager, een bakker, een kerk en een café.

'Weet je wat er gebeurt als er een bom op Rijkevoort valt?' vroeg Anouk. Ze grinnikte.

Bobbie schudde haar hoofd.

'Dan wordt het een nóg groter gat!' Anouk grinnikte nog harder.

Bobbie kreeg er een beetje de kriebels van. Er was iets met Anouk. Haar woorden, haar gegrinnik. Bobbie werd er een beetje bang van.

'Woon je hier al lang?' vroeg ze snel.

'Gelukkig niet,' antwoordde Anouk. 'Mijn ouders zijn een jaartje geleden gescheiden. Mijn vader heeft hier een café gekocht.' Ze wees naar het café. *De Uitdaging*, stond in verweerde letters op de gevel. 'Van alle plekken in Nederland

42

kiest hij dit gat uit!' Ze schudde haar hoofd en snoof. 'Kom.'
Anouk bracht Bobbie naar het café.
'We gaan meteen maar een bezoekje aan de moordenaars brengen,' zei ze. Ze wees naar een oude scooter die naast het café stond. Er lag een helm op het zadel.
'Die is voor jou,' zei Anouk. Ze gaf de helm aan Bobbie.
'En jij dan?' vroeg Bobbie.
'Heb ik niet nodig,' zei Anouk. 'Volgens mijn vader heb ik toch een plaat voor mijn kop.' Weer dat gevaarlijke gegrinnik.
Bobbie zette haastig de helm op. Het ding was een paar maten te groot en stonk vreselijk naar rook. Maar goed, het was sowieso beter dan niets.
Anouk startte de brommer en Bobbie klom bij haar achterop.
'Op naar de nertsenfarm,' zei Anouk. 'Op naar de moordenaars!'

11 Pas op! Schrikdraad!

Bobbie hield Anouk stevig vast. De scooter scheurde op hoge snelheid over de weg tussen de weilanden. Zo nu en dan zag Bobbie een boerderij. Verder was het hier vooral leeg.

Na tien minuten zette Anouk de scooter stil. Ze keek schichtig achterom. 'Ik dacht dat we gevolgd werden.'

Bobbie keek ook om. Ze zag niets: de lange rechte weg was helemaal leeg.

'Maar goed, hier is het,' zei Anouk. 'Dit is de nertsenfarm.' Ze wees naar een hoge betonnen muur die tientallen meters lang was. Boven op de muur waren nog een aantal draden gespannen. Er hingen bordjes aan de draden.

Bobbie slikte. Opeens leek alles zo'n onzin. Wilden ze echt de nertsen gaan bevrijden? Hoe moesten ze dat doen? Hoe kwamen ze in hemelsnaam over die muur? En was dat eigenlijk niet illegaal? Wat als ze ontdekt werden?

Ze zette haar helm af en vroeg: 'Gaan ... gaan we nú inbreken? Ik bedoel, het is nog hartstikke licht en zo. En als we ontdekt worden ...'

Anouk grijnsde. 'Natuurlijk gaan we nu niet inbreken. Dat doen we vannacht.'

'Maar hoe komen we dan over die muur?' vroeg Bobbie.

'We gaan niet over die muur,' antwoordde Anouk. 'We moeten een andere plek vinden om binnen te komen.'

Ze keek Bobbie met een grote grijns aan en zei: 'En die plek ga jij vinden.'

'Ik?'

Anouk knikte. 'Mij kennen ze hier te goed. Ik kom nooit zomaar binnen. Maar een meisje zoals jij zullen ze niet verdenken.'

Bobbie begreep er niets van. Een meisje zoals jij? Wat bedoelde Anouk nou? Wat wilde ze?

'Dit is het plan,' zei Anouk. 'Jij zorgt dat je met een smoes binnenkomt. Eenmaal binnen kijk je goed om je heen. Je zoekt naar een zwakke plek in de beveiliging. Bijvoorbeeld een hek zonder schrikdraad of zo. En vannacht kunnen we dan door die zwakke plek naar binnen.'

Ze keek Bobbie aan alsof alles nu in één keer duidelijk was.

'Maar hoe kom ik dan binnen?' vroeg Bobbie.

Anouk haalde haar schouders op.

'Met een smoes.'

'Wat voor smoes?'

Anouk zuchtte. 'Je kunt toch wel wat bedenken? Of lieg je nooit tegen je ouders?'

'Natuurlijk wel!' zei ze verontwaardigd. Ze moest weer aan haar moeder denken. Meteen voelde ze zich schuldig.

'Misschien kun je zeggen dat je een werkstuk over bontjassen maakt,' zei Anouk.

Bobbie dacht na. Hoezo een slechte smoes! Wie maakte er nou

een werkstuk over bontjassen? Toch kon ze wel zeggen dat ze een werkstuk moest maken. Een werkstuk over … de Bond tegen Bont! Ja, dat was het. Ze zou zeggen dat ze een werkstuk over de Bond tegen Bont wilde maken. En dat ze daarom graag wel eens een nertsenfarm van binnen wilde bekijken. Zoiets moesten ze toch geloven. Toch?

12 Werkstuk

Michael zapte zinloos langs de kanalen. Er was geen zak op de tv. Toch bleef hij op de bank liggen. Hij had nergens zin in. Het was alsof hij gisteren in elkaar geslagen was. Zo voelde het tenminste in zijn hoofd. Verslagen, verloren.

Gisteren was een rampdag geweest. Zijn spreekbeurt was vreselijk slecht gegaan. Meer dan de helft van de klas was tegen bont. Het begin ging nog wel goed, maar toen de vragen kwamen ging het mis. *Hoe klein zijn die kooien? Mogen ze nooit naar buiten? Vermoorden jullie de dieren zelf?* Het ging maar door. Zijn klasgenoten vonden nertsenboeren beulen en moordenaars. Oké, zo zeiden ze het niet, maar Michael voelde dat ze het vonden.

De bel ging.

Met tegenzin stond Michael op. Hij moest wel: zijn ouders waren druk bezig in de stallen. Hij liep naar de deur en keek op het beeldscherm.

Voor de camera zag hij een meisje staan. Ze was ongeveer zijn leeftijd, schatte hij. Het meisje keek een beetje zenuwachtig in de lens. Wie was dat?

'Met Michael,' zei Michael.

'Ja, eh … ik ben Bobbie,' zei het meisje.

Michael hoorde haar stem trillen.

'Ik … ik maak een werkstuk,' ging het meisje verder. 'En nu wil ik graag eens in een nertsenfarm kijken.'

Michael aarzelde. Normaal mocht hij niemand zomaar op het erf laten. Niet sinds een paar jaar geleden activisten hun boerderij hadden bestormd. Ze hadden tienduizenden nertsen losgelaten.

Hij keek nog eens goed naar het scherm. Zij zag er toch niet als een activist uit?

'Ik kom naar het hek,' zei hij.

Hij deed snel zijn laarzen aan en liep over het erf naar het toegangshek.

'Hallo,' zei hij, terwijl hij het hek opendeed.

Het meisje stak haar hand uit. 'Ik ben Bobbie.' Ze klonk opeens een stuk minder zenuwachtig.

'Michael.' Hij schudde haar hand en voelde zijn wangen rood worden. Waarom had hij dat nou altijd bij mooie meisjes?

Haastig liet hij haar hand los. Hij sloot het hek achter haar en zei:

'Ik zal je wel bij mijn vader brengen.'

'Kun jíj me dan niet een rondleiding geven?' vroeg Bobbie.

Ze glimlachte zo lief naar hem dat hij er duizelig van werd.

'Nou ja,' stamelde hij, 'ik kan je ook wel rondleiden. Wat wil je zien?'

'Alles,' antwoordde Bobbie. Ze wees om zich heen. Haar ogen dwaalden langs het hek. Het leek wel of ze iets zocht, vond Michael. Bobbies blik bleef een tijdje op de boerderij rusten.

'Nou goed,' begon Michael. Hij probeerde zijn stoerste stem op te zetten. 'Dit is een nertsenfarm en ...' Hij stopte met praten en keek Bobbie aan. 'Waar gaat je spreekbeurt eigenlijk over.'

Bobbie sloeg haar ogen neer. 'Over bont.'

Michael zuchtte. Natuurlijk. 'Jij bent zeker ook tegen bont?'

'Nou eh ...' begon Bobbie.

Michael zag haar wangen kleuren.

Ja dus. Zij was dus óók tegen bont.

'Ik eh ... ik maak een werkstuk over de Bond tegen Bont,' ging Bobbie verder. 'Ik wil controleren of het allemaal klopt wat ze zeggen.'

'Dus je wilt controleren of wij beulen en moordenaars zijn?' vroeg Michael. Hij voelde de woede in zich opborrelen. De woede van gisteren. De woede van al die keren dat mensen hem een beul en een moordenaar vonden.

'Kom mee!' riep hij. Hij greep Bobbie bij haar bovenarm en trok haar mee.

'Laat me los!' gilde ze. 'Je doet me pijn!'

Michael luisterde niet naar haar. Pas midden in de stal liet hij haar los. 'Kijk dan!' riep hij. 'Worden deze dieren mishandeld?'

Bobbie antwoordde niet meteen. Ze keek om zich heen.

'Ze … ze zitten wel in kleine hokken,' stamelde ze ten slotte.

'Varkens ook,' zei Michael. 'En kippen en kalkoenen en konijnen en nog veel meer dieren. Waarom mogen die boeren wél doorgaan en wij niet?'

'Maar nertsen in het wild leven alleen,' zei Bobbie. 'En zij zitten hier met z'n allen. Daar krijgen ze toch stress van?'

Michael schudde zijn hoofd. 'Deze nertsen zijn niet wild meer,' zei hij. 'Ze worden al honderd jaar gefokt. Een varken is toch ook geen wild zwijn meer? Er wordt alleen gefokt met nertsen die tegen een kooi kunnen.'

'En die dan?' Bobbie wees naar een nerts die heen en weer in de kooi liep. Steeds dezelfde beweging. Heen en weer. 'Dat is toch niet normaal?!'

'Die heeft honger,' antwoordde Michael. 'Het is voedertijd. Dan zijn ze altijd wat onrustiger.'

'Ik vind het zielig,' zei Bobbie. 'Dieren horen niet in een kooi!'

Michael zuchtte. Zo kwam hij natuurlijk geen steek verder.

'Wie is dat, Michael?'

Michaels vader was de stal binnen gekomen.

'Dit is Bobbie,' antwoordde Michael. 'Ze maakt een werkstuk over de Bond tegen Bont. Ze wilde de stal weleens zien.'

'Interessant,' zei Michaels vader. 'Over de Bond tegen Bont?' Zijn stem klonk vreemd, vond Michael. Net alsof hij Bobbie niet geloofde.

51

'En wat heeft Michael je allemaal verteld?' vroeg zijn vader.
'Nou ja ... veel,' antwoordde Bobbie. 'Over de kooien en zo.'
'Mooi,' zei Michaels vader. 'Dan weet je al veel.' Hij draaide
zich naar Michael en zei: 'Wil jij even uit mijn kantoor zo'n
informatiemap halen, Michael? Ik wil Bobbie nog iets vragen.
Onder vier ogen.'

13 Onder vier ogen

Bobbie zag hoe Michael naar de boerderij liep. Het was alsof er een zware steen op haar maag drukte. Die laatste woorden van Michaels vader hadden behoorlijk onheilspellend geklonken. *Ik wil Bobbie nog iets vragen. Onder vier ogen.*
'Heb je weleens een nerts gevoeld?' vroeg Michaels vader.
Bobbie schudde haar hoofd. Was dát de vraag? Wilde hij haar daarvoor alleen spreken? Dat kon haast niet.
'Kom eens mee.' Michaels vader ging haar voor naar een van de hokken. Hij deed een handschoen aan, opende het hok en pakte er een jonge nerts uit. 'Voel maar.'
Bobbie aarzelde. Ze wilde helemaal niet voelen. Dan zou ze het allemaal nóg zieliger vinden. Over een paar maanden zou dat beestje vermoord worden.
'Alleen even voelen,' zei Michaels vader. Hij streek met een vinger zachtjes over de rug van het beestje.
Voorzichtig bracht Bobbie haar vinger naar de nertsenpup. Ze aaide over de fluweelzachte vacht.
'Hoe kom je eigenlijk aan ons adres?' vroeg Michaels vader.
Bobbie trok haar vinger van de vacht. Dus dat was de vraag! Dát wilde hij weten! Rustig blijven, niets laten merken.
'Gewoon op Google gezocht,' antwoordde ze zo kalm mogelijk.
'Hmmmm,' bromde Michaels vader. 'Weet je dat zeker?'
'Natuurlijk!' Bobbie hoorde zelf haar stem overslaan. Dit ging niet goed!
'Ons adres staat namelijk niet op internet,' zei Michaels vader. 'We willen niet dat terroristen onze boerderij vernielen.' Zijn stem klonk zwaar en gevaarlijk.

'Nou dan heb ik het adres zeker ergens anders gelezen,' zei Bobbie haastig. 'In een tijdschrift of zo.'

Michaels vader legde een hand op Bobbies schouder. 'Bobbie,' zei hij, 'doe alsjeblieft geen domme dingen. Wanneer nertsen vrijgelaten worden, gaan de meeste dood. Het zijn geen wilde dieren meer.'

Bobbie sloeg snel haar ogen neer. Hoe wist die man van hun plan? Was het allemaal dan zo duidelijk aan haar te merken?

Michael kwam weer de stal in. Hij gaf Bobbie de map met info over nertsen.

'Michael, wil jij Bobbie even naar buiten brengen?' vroeg Michaels vader. Hij keek Bobbie nog een keer met een ernstige blik aan. 'Succes met je werkstuk.'

Het hek viel in het slot. Bobbie liep naar Anouk, die bij de brommer een sigaret stond te roken.

Bobbie ging wat langzamer lopen. Had de boer gelijk? Gingen de nertsen dood als ze vrijgelaten werden? Moest ze het Anouk vragen? Hoe zou ze reageren?

'En?' vroeg Anouk. Ze blies een wolk rook omhoog.

'Ik ben binnen geweest,' antwoordde Bobbie.

Anouk rolde met haar ogen. 'Heb je de zwakke plek ontdekt?'

Bobbie knikte. 'Bij de boerderij is een hek zonder schrikdraad.'

'Mooi!' zei Anouk. Ze gooide haar brandende peuk tegen de betonnen muur. 'Dan kunnen we vannacht ...' Plotseling viel haar blik op de informatiemap. 'Wat is dat?!'

Ze griste de map uit Bobbies handen.

'De pelsdierenhouderij,' las ze, 'in vertrouwde handen.' De walging droop van haar stem. 'In vertrouwde handen? In bebloede handen, zul je bedoelen. In handen van moordenaars!'

Het leek wel of Anouk ontplofte. Ze vloekte hardop en begon de folders te verscheuren. Ze gooide de snippers over de betonnen

54

muur en schreeuwde: 'Smerige moordenaars!'

Bobbie slikte. Voorlopig moest ze Anouk maar niet vertellen wat de nertsenboer allemaal gezegd had. Dan zou Anouk natuurlijk helemaal ontploffen. Misschien kon ze maar beter even haar mond houden.

En daarbij, wie zei dat die boer niet loog? Misschien had hij gewoon geprobeerd om haar bang te maken. Natuurlijk! Dat was het. Het was helemaal niet waar: die boer loog.

De nertsen moesten bevrijd worden!

14 Politie?

Joost zat op de stoel bij het raam en keek naar buiten. Vette mazzel dat hij in dit gat een kamer had gevonden. Het had hem niet eens veel tijd gekost.

Overnachting en ontbijt, stond er op het vergeelde papiertje achter het raam van de slager.

Hij was meteen naar binnen gegaan. De slager had hem met grote, verbaasde ogen aangekeken. Alsof hij een grap maakte. Het kostte hem nog best veel moeite om de man te overtuigen dat hij serieus was. Hij wilde écht overnachten in Rijkevoort.

Uiteindelijk had de slager hem naar een klein kamertje boven de winkel gebracht. Zo te zien was er in geen eeuw iemand geweest. Overal lag een dikke laag stof en de meubels kwamen uit het jaar nul.

'We maken het eerst wel even schoon,' zei de slager. 'Als u vanavond terugkomt, is het netjes.'

En nu zat hij in de kamer voor het raam. Het uitzicht was fantastisch: hij keek precies uit op café De Uitdaging.

In de kamer boven het café brandde licht. Daar was Anouk, wist Joost. Met dat andere meisje. Een jonger meisje met blond haar. Hij had ze vandaag zo voorzichtig mogelijk gevolgd. Naar de nertsenfarm, naar de bouwmarkt even buiten Rijkevoort. Daarna waren ze naar de kamer boven het café gegaan.

Het was niet moeilijk om hun plan te raden. Ze hadden bij de bouwmarkt zaklampen en kniptangen gekocht: ze wilden de nertsen bevrijden.

Joost nam een slok koffie. Hij twijfelde nog steeds. Moest hij nou naar de politie gaan en over de meisjes vertellen? Hij had nu

57

wél meer bewijzen. Waarschijnlijk zou de politie de meisjes dan verhoren. De meisjes zouden niet naar de nertsenfarm kunnen. De boerderij zou gespaard blijven. Kortom, het zou veel ellende voorkomen. Waarom was hij dan niet naar de politie gegaan?

'Ik ben een journalist,' zei hij hardop. 'Ik sta buiten het nieuws. Ik mag me er niet mee bemoeien. Ik meld alleen wat er gebeurt.'

Bovendien zou hij alles verknallen als hij naar de politie zou gaan. Wat zou dan het nieuws zijn? *Meisjes ondervraagd in Rijkevoort.* Lekker boeiend ...

Maar als hij niets deed ... *Nertsen vrijgelaten door activisten!* Dat was nieuws! Daar zou hij mee scoren!

Goed, misschien was het verkeerd. Maar hij mocht toch ook weleens mazzel hebben?

Hij dronk zijn kopje leeg en tuurde naar de kamer boven het café. Had hij daar maar een microfoon hangen ...

15 Geen weg terug

Voor de zoveelste keer las Bobbie de sms'jes op haar mobiel.

> Eet vanavond bij Eefje.
> Mag ook nachtje logeren.
> Goed? PLEASE!!!! Bobbie.

> Is goed, schat. Logeren ook. Heb je
> spullen nodig? Kleren? Tandenborstel?
> Moet ik iets brengen? Papa.

> :-) :-) :-) !!! Heb hier alles.
> Mag van Eefje lenen. ZOEN!!!

> Groetjes aan Eefje. Als er iets is
> schatje moet je bellen hè? Slaap lekker
> straks. Zoen van mij.

Bobbie slikte. Het voelde vreselijk om zo tegen haar vader te liegen. Maar wat moest ze anders? *Als er iets is schatje moet je bellen hè?* Zou papa het zelfs op afstand kunnen voelen wanneer ze loog? Het leek er haast wel op.

Bobbie legde haar mobieltje naast zich neer op het bed van Anouk.

Anouk kwam de kamer binnen. Ze gaf Bobbie een blikje energiedrank. 'Dan blijf je wakker. We moeten nog een paar uurtjes.' Ze opende haar blikje en knikte met haar hoofd naar de klok boven haar bureau.

Tien over tien, zag Bobbie. Ze opende het blikje en nam een slokje. Niet bepaald lekker. Het smaakte naar koffie en cola. Door elkaar. Maar goed, als het hielp om wakker te blijven …

Anouk plofte in haar bureaustoel en draaide de muziek wat harder. Een huilerig gezang galmde uit de boxen. Anouk zong zachtjes mee.

Bobbie dronk uit het blikje en leunde met haar rug tegen de muur en staarde naar de wand tegenover haar. De muur hing vol met posters van vage figuren. Mannen met hanenkammen en piercings op allerlei plekken. Er hingen ook posters van de Bond tegen Bont.

Bobbies blik bleef op een van de foto's hangen. Het was een plaatje van een mooi model dat een bontjas droeg. In haar hand droeg ze een mes waar bloed afdrupte. Het model stond met haar hoge hakken in een plas bloed. Onderaan stond in druipende rode letters:

'Mooi hè?' zei Anouk.

Bobbie antwoordde niet. *Bont is moord.* Opeens moest ze denken aan de woorden van Michaels vader.

'Gaan die nertsen dood als ze vrijgelaten worden?' vroeg ze zacht.

Anouk draaide de muziek zacht. 'Wat?'

'Als … als we de nertsen straks vrijlaten,' stamelde Bobbie, nu nog zachter, 'gaan … gaan ze dan dood?'

'Wie heeft je dat verteld?'

'De boer.'

'Smeerlap!' siste Anouk.

'Klopt het?' vroeg Bobbie voorzichtig. 'Gaan ze dood?'

'Natuurlijk gaan er wel een paar dood,' zei Anouk. 'Maar er blijven er ook veel leven. En anders gaan ze allemaal dood. En daarbij, wat zou jij kiezen: je leven lang in een piepkleine kooi of één dag in de vrije natuur?'

Bobbie zweeg. Ze wist niet wat ze zou kiezen. Ze wist op dit moment sowieso niet zo veel. De vragen en twijfels tolden door haar hoofd.

Anouk reed met haar bureaustoel naar Bobbie. Ze keek haar strak aan en vroeg: 'Heeft die boer nog meer gezegd?'

Bobbie schudde langzaam haar hoofd. Ze durfde het niet te vertellen. Wie weet hoe kwaad Anouk zou worden als ze wist dat zij het verknald had …

'Mooi!' zei Anouk. Ze schoof weer terug en zette de muziek hard.

Bobbies blik dwaalde naar het bureau. Ze zag de spullen klaar-liggen: twee zaklampen, twee paar handschoenen, twee bivak-mutsen, twee kniptangen, een koevoet.

Ze sloot haar ogen en dronk het blikje energiedrank leeg. Ze had haar kans gehad om te stoppen. Nu was het te laat. Ze moest doorgaan. Er was geen weg terug.

16 Binnen!

Joost kwam overeind. Er gebeurde iets aan de overkant! Het licht in Anouks kamer ging uit. Dat kon maar twee dingen betekenen: óf ze gingen slapen óf ze gingen op pad.
Hij kneep zijn ogen tot spleetjes en tuurde naar de zijkant van het café.
Het duurde even, maar toen zag hij de zijdeur opengaan. De twee meisjes kwamen naar buiten. Anouk ging voorop naar de scooter.
Joost wist genoeg. Hij pakte zijn opnametas, verliet zijn kamer en liep naar buiten. Bij de hoge haag bleef hij even wachten. Hij hoorde de scooter starten en wegrijden.
Nu was het veilig. Hij stapte in zijn auto en startte de motor. Hij was niet bang om ze kwijt te raken. Hij wist toch waar ze naartoe gingen?

Joost parkeerde zijn auto in de berm bij een weiland. Hij zag dat de scooter bij de hoge muur stopte. Op dezelfde plek als vanmiddag. Toen merkten ze ook niet dat ze gevolgd werden, dacht hij tevreden.
De meisjes stapten af. Anouk opende de rugzak die het kleinere meisje droeg. In het schijnsel van de maan zag Joost hoe de meisjes zich klaarmaakten: handschoenen aan, bivakmutsen op, zaklampen in de aanslag. Anouk droeg de koevoet. De kniptangen zaten zeker nog in de tas.

Joost pakte de microfoon, drukte de recorder aan en begon op gedempte toon te praten:

'Ik volg de twee meisjes die op het punt staan de nertsen van een nertsenfarm te bevrijden. Ze hebben bivakmutsen op en handschoenen aan en zijn gewapend met zaklampen en een koevoet.'

Voorzichtig opende Joost het portier, stapte uit en hing de tas om zijn schouder. Hij wist het zeker. Dit zou een topreportage worden! Terwijl hij langs de betonnen muur sloop, fluisterde hij in de microfoon:

'De meisjes staan nu bij een hek naast de bontboerderij. Het oudste meisje overhandigt haar spullen aan de jongste. Ze klimt over het hek. De spullen worden door het hek aange-geven. Het jongste meisje volgt. Ze zijn binnen!'

17 Vrij!

Anouk voelde een koude rilling langs haar ruggengraat rollen. Het was gelukt! Ze waren binnen!
Ze knipte de zaklamp aan en scheen over het erf. Daar! Daar waren de stallen. Ze liep er zo snel mogelijk naartoe. Achter zich hoorde ze dat Bobbie volgde.
De stal was een lange schuur die aan beide kanten open was.

'Hier zitten ze,' zei Anouk zacht. Ze hoorde de nachtdieren ongeduldig over het gaas rennen. 'Nog even. Nog even en jullie zijn vrij.'
Eindelijk vrij. Eindelijk wraak. Wraak op de nertsenboeren. Wraak op de kinderen die haar zo lang gepest hadden. Wraak op de mensen die haar jarenlang door hun woorden in een hokje hadden gestopt.
Anouk is dom. Anouk is een probleemkind. Anouk is een zielig geval. Ze voelde de tranen achter haar ogen prikken. Niet huilen! Niet nu! Ze draaide zich naar Bobbie en fluisterde: 'Jij links, ik rechts. Wacht.'
Ze ritste de rugzak open en haalde de kniptangen eruit. 'Gaan!'
Met de zaklamp op de grond gericht, ging ze langs de hokken. De nertsen begonnen te piepen.
'Stil maar, schatjes,' suste ze. 'Stil maar.'
Ze liep naar de eerste kooi. De kniptang was onnodig: de kooi kon gemakkelijk geopend worden.
De nerts keek haar met zijn kraaloogjes aan maar bleef in de kooi.
Die gaat straks wel, dacht Anouk. Ze opende de volgende kooi en de volgende. Het ging steeds makkelijker en sneller.

Ze keek naar Bobbie, die aan de andere kant liep. Zo te zien had zij ook de smaak te pakken. Ze was bijna net zo ver.

Anouk kon het wel uitschreeuwen van geluk. Vrij! wilde ze schreeuwen. Jullie zijn vrij! Ik ben vrij!

18 Het pistool

 Michael schrok wakker. Hoorde hij nou wat? Het leek wel van het erf te komen. Hij stond op en keek uit het raam. Hiervandaan was niets te zien. Maar goed, hij kon ook niet het hele erf overzien. Toch had hij iets gehoord. Zeker weten. Moest hij zijn vader waarschuwen? Hij schudde zijn hoofd. Hij kon zijn vader vandaag maar beter met rust laten ...

Toen Bobbie vanmiddag was weggegaan, was zijn vader woedend geworden.

'Hoe kun je dat meisje nou binnenlaten?!' schreeuwde hij. 'Ze is van de Bond tegen Bont!'

'Ze schrijft een werkstuk over de Bond tegen Bont,' verbeterde Michael.

'En jij gelooft dat?' vroeg zijn vader spottend. 'Ik dacht dat jij wel wat slimmer was. Ze kwam gewoon kijken hoe ze hier kan inbreken!'

'Dat geloof ik niet,' zei Michael zacht. 'Zo zag ze er niet uit.'

Zijn vader kreunde. Hij pakte Michael bij zijn bovenarmen en schudde hem door elkaar. 'Gebruik je verstand, Michael! Gebruik nou eens je verstand!' Steeds harder schudde hij.

Uiteindelijk kwam zijn moeder tussenbeide. Ze duwde zijn vader opzij. 'Michael kan er niets aan doen! Michael is niet de schuldige!'

Zijn vader boog zijn hoofd. 'Sorry,' zei hij zacht. 'Ik ...' Verder kwam hij niet. Zijn stem brak. Met grote stappen verdween hij naar de sleutelschuur. Michael wilde hem achternagaan, maar zijn moeder hield hem tegen. 'Laat je vader maar even,' zei ze. 'Hij moet even alleen zijn.'

De rest van de dag had Michael hem niet gezien. Hij had niet eens meegegeten en 's avonds had Michael hem zelfs niet binnen horen komen.

Michael schrok op uit zijn gedachten. Weer dat geluid! Hij trok snel zijn kleren aan. Zijn vader hoefde niets te doen. Híj zou wel gaan kijken. Zijn vader kon lekker blijven slapen.

Hij pakte zijn mobiel en liep de trap af. Met elke tree groeide zijn twijfel. Stel dat het activisten waren ... Stel dat die gasten gewapend waren ...

Michael bleef even staan. Zijn vader had wel een pistool. Dat had hij een paar jaar geleden gekocht, na de inbraak door de dierenactivisten. Maar waar lag dat ding?

Geen tijd om te zoeken. Michael haalde zijn mobieltje tevoorschijn. Dan moest dat zijn wapen maar zijn. En 1-1-2 waren de kogels.

Hij opende de deur en liep het erf op. Gek, nu hoorde hij niets. Ja het geluid van de nertsen. Ze waren onrustig. Maar goed, nertsen waren nou eenmaal nachtdieren.

Hij stond stil en luisterde met ingehouden adem. Nu hoorde hij het weer. Het geluid kwam uit de schuur. Er was daar iemand! Zijn vingers knepen zijn mobiel bijna fijn. Hij toetste alvast 1-1-2. Zijn wapen was geladen. Hij schoof de deur een stukje open en wurmde zich naar binnen. Boenwas en smeerolie.

Even moesten zijn ogen aan de duisternis wennen. Maar na een paar seconden zag hij al iets. Bij de Mercedes zag hij het silhouet van een man. Wat deed die vent hier? Als het een activist was, zat hij verkeerd. Hier waren geen nertsen.

Of was het soms een ordinaire dief? Wilde die gast de Mercedes stelen?

Michaels vinger voelde over de beltoets. Maar net toen hij wilde drukken zag hij het.

'Pa?'

De schim keek op.

Michael liep naar de Mercedes. Hij zag dat de wangen van zijn vader nat waren. Ze glinsterden in het maanlicht dat door het dakraam viel.

'Michael?' De stem van zijn vader klonk somber en schor. 'Het spijt me zo, Michael.'

Michael hoorde zijn vader een paar keer slikken.

'Ik wilde niet tegen je schreeuwen. Ik wilde het niet. Het spijt me zo, jongen. Maar ...'

Een doffe dreun. Zijn vader sloeg met een vuist op het dak van de Mercedes. 'Ze pakken ons alles af, Michael. De Mercedes, de boerderij, ons leven. Alles!'

Weer een dreun.

'Pa ...' begon Michael.

Zijn vader liet hem niet uitspreken.

'Ze krijgen niets!' riep hij. 'Helemaal niets!'

Michael zag dat zijn vader iets tevoorschijn haalde. Iets groots. Iets ... Zijn maag draaide. Het pistool!

Haastig deed hij een paar passen naar voren. 'Pa!'

'Blijf staan!' Zijn vader zwaaide gevaarlijk met het pistool. 'Blijf alsjeblieft staan,' herhaalde hij smekend.

Michael deinsde terug. De blik in zijn vaders ogen gaf hem de rillingen. Hij zag woede en tranen. Wat was hij in hemelsnaam van plan?

Toen zag Michael hoe zijn vader het pistool richtte …

19 Stop!

Beng!
Joost voelde zijn hart een slag overslaan.
Wat was dat?
Beng!
Een geweerschot?!
Joost gooide zijn tas van zich af en liet de microfoon vallen.
Hij pakte de bovenkant van het hek, trok zich omhoog en sprong aan de andere kant naar beneden.
Beng!
Wat gebeurde daar? Hij rende over het erf. Ondertussen maakte zijn fantasie overuren. Hij kreeg beelden van de nertsenboer die met een geweer op de meisjes schoot. Of ...
Beng!
Zijn adem stokte. In zijn hoofd hoorde hij weer Anouks dreigende stem. *De nertsen moeten bevrijd worden. En de moordenaars moeten gestraft worden.*
Had Anouk misschien een pistool meegenomen? Was ze soms 'de moordenaars' aan het straffen?
Joost vloekte. Wat had hij gedaan? Dit was zíjn schuld. Hij had tóch de politie moeten bellen! Stel dat er gewonden vielen. Of erger, stel dat ...
Niet aan denken!
Het schieten was gestopt.
Joost tuurde over het erf. Daar! In een van de stallen zag hij wat licht. Licht van zaklampen.
Hij sprintte naar de stal. In de duisternis zag hij twee schimmen: de meisjes! Ze draaiden zich om, ze hadden hem gezien. Ze begonnen te rennen.
'Stop!' schreeuwde hij. 'Blijf staan!'

71

20 Rennen!

'Rennen!'
Bobbie keek achterom naar de schim.
De man kwam schreeuwend op hen af.
De boer! Dat kon niet anders. En hij had een geweer. Ze had de schoten toch zelf gehoord? Waarom was ze ook mee-gegaan met Anouk? Waarom had ze niet haar verstand gebruikt?
Ze sprintte achter Anouk aan de stal uit. Even stonden ze stil. En nu? Hoe kwamen ze weer naar buiten? De weg terug was geblokkeerd door de boer.
'Daar!' Anouk wees naar een grote schuur aan hun linkerhand.
Bobbie knikte. Ze moesten zich in die schuur verstoppen. De boer zou stoppen met zijn achtervolging. En dan konden zij ontsnappen. Simpel plan. Of was het soms té simpel?
Er was geen tijd om lang na te denken.
Bobbie volgde Anouk naar de schuur.
De deur stond al op een kier …

21 Benzine

 Michael voelde de tranen over zijn wangen lopen.
'Pap,' smeekte hij met een schorre stem.
'Stop nou.'
Zijn vader keek hem even aan. Zijn ogen glinsterden. Hij hield het pistool nog steeds op de Mercedes gericht.

De linkerkoplamp lag aan diggelen, de voorruit was versplinterd, in de motorkap zaten twee kogelgaten.

'Het spijt me,' zei zijn vader. 'Maar het moet, Michael. Ze krijgen niets!' Hij legde het pistool op de motorkap en liep naar de werkbank.

Michaels adem stokte. Zijn vader zou toch niet …?

'Nee!' Zijn stem sloeg over.

Toen gebeurde wat hij vreesde. Zijn vader pakte een jerrycan, draaide de dop los en begon de benzine over de Mercedes te gieten. Een smerige stank verdrong de geur van boenwas en smeerolie.

22 Moordenaar

 Joost stormde de stal uit. Zijn longen leken wel uit elkaar te klappen. Zijn benen brandden. Waar waren die meiden? Hijgend kwam hij tot stilstand. Hij speurde de omgeving af. Het leek wel of ze in rook waren opgegaan.

Denk na, Joost! gebood hij zichzelf. Denk na!

Hij probeerde zich in te beelden dat hij een van de meisjes was. Ze waren op de vlucht. Voor hem. Waarom? Natuurlijk! Ze dachten dat hij de boer was. Goed. En dan? Ze staan buiten de stal. Welke kant? Terug kan niet. Wat dan wel?

Zijn oog viel op de schuur aan zijn linkerhand. Het was een gok, maar wat moest hij anders? Hij rende naar de schuur en ging naar binnen.

In het midden van de ruimte zag hij de twee meiden staan. Ze keken ergens naar.

Martens! Nu zag hij het ook. Nertsenboer Martens stond achter in de schuur bij een oude Mercedes. Wat deed hij daar?

Benzine! Joost rook benzine. Zijn maag draaide. Het kostte hem weinig moeite om te zien wat er aan de hand was.

'Martens!' schreeuwde hij.

Hij rende naar de Mercedes.

'Staan blijven!'

Martens liet de jerrycan vallen en greep het pistool van de motorkap. Hij richtte het wapen op Joost.

Joost stak zijn handen omhoog. 'Rustig,' zei hij sussend. 'Rustig, Martens.'

Nu pas leek Martens de twee meisjes in de schuur te ontdekken. Hij zwaaide zijn wapen ook naar hen.

'Wat moeten jullie hier?' riep hij.

'Wraak nemen!' De scherpe stem van Anouk schalde door de schuur.

Joost zag dat ze iets tevoorschijn haalde. Een aansteker!

Alles leek zich opeens vertraagd af te spelen. Anouk stak de aansteker aan. Het andere meisje probeerde haar nog tegen te houden.

Anouk duwde haar hardhandig weg. 'Moordenaar!' schreeuwde ze. 'Smerige moordenaar!'

Ze gooide de brandende aansteker naar de Mercedes.

Het andere meisje gilde.

De aansteker raakte de benzine. Een steekvlam.

Brand!

23 Een neusje voor het nieuws

Studio: *Vannacht heeft er een uitslaande brand gewoed in een nertsenfarm in Rijkevoort. De boerderij werd volledig in de as gelegd.*
Voor ons ter plaatse, aan de telefoon, is onze verslaggever Joost van Tellingen. Joost, wat is er gebeurd?

Joost: *Ja, ik sta hier op het erf van de nertsenfarm van boer Martens. Er is hier vannacht inderdaad een fikse brand geweest. De farm is gelukkig niet - zoals je zei - geheel in de as gelegd. Rond één uur vannacht is er in een schuur, waar machines en dergelijke waren opgeslagen, brand uitgebroken. Die schuur is volledig afgebrand. De naastgelegen boerderij en de stallen van de nertsen zijn gelukkig onbeschadigd gebleven.*

Studio: *Ik hoorde dat er tijdens de brand een aantal mensen in de loods waren. Zijn er slachtoffers?*

Joost: *Er waren inderdaad een aantal mensen in de loods. Zij konden gelukkig op tijd ontsnappen. Ze zijn wel ter controle naar het ziekenhuis gebracht. Twee van hen hebben brandwonden.*

Studio: *Joost, er doen geruchten de ronde dat de brand het werk van dierenactivisten is. Wat weet jij daarvan?*

Joost: *De brand is zeker geen werk van dierenactivisten geweest.*

Studio: *Maar ik hoorde dat er wel dierenactivisten op het erf waren tijdens de brand. Klopt dat?*

Joost: *Er waren twee meisjes op het erf: een meisje van twaalf en een meisje van zeventien.*

79

Studio: *En wat deden die daar dan midden in de nacht?*
Joost: *Ze wilden de nertsen bevrijden. Maar ze hebben geen brand gesticht.*
Studio: *Dus ze waren daar toevallig toen de brand uitbrak?*
Joost: *Inderdaad.*
Studio: *Is dat niet érg toevallig?*
Joost: *Toeval bestaat.*
Studio: *En jij was er ook?*
Joost: *Inderdaad.*
Studio: *Toevallig op de juiste plek?*
Joost: *Noem het een neusje voor het nieuws.*
Studio: *Laatste vraag, Joost. Weet de brandweer al meer over de oorzaak van de brand?*
Joost: *De brandweer gaat niet uit van brandstichting. Ze denken dat kortsluiting de oorzaak van de brand is geweest. Daardoor is een aantal jerrycans met benzine in brand gevlogen.*
Studio: *Bedankt, Joost.*
Joost: *Geen dank.*

Joost drukte zijn telefoon uit en staarde naar de smeulende resten van de schuur. Een eenzame brandweerman stond nog wat na te blussen.

Joost draaide zich om en liep het erf af. Had hij wel mogen liegen? Hij had zelfs tegen de politie gelogen: hij was de meisjes gevolgd naar het erf van boer Martens. Daar had hij gemerkt dat de schuur in brand stond. De meisjes waren niet in de buurt van de schuur geweest. Tenminste, dat verhaal had hij aan de politie verteld. De politie was niet meteen overtuigd, maar uiteindelijk hadden ze hem geloofd. Anouk was vrijuit gegaan. Martens had geen aanklacht tegen haar ingediend. Hij was zelf namelijk ook voor een groot deel schuldig aan de brand.

Joost schopte een steentje in de sloot. De rimpels dreven over het water. Had hij dan wél de waarheid aan de politie moeten vertellen? Dan was iedereen in de problemen gekomen: Anouk, het andere meisje, dat Bobbie bleek te heten, boer Martens én hijzelf ook ...

Hij opende het portier. Het was toch ook zijn schuld geweest? Als hij meteen naar de politie was gegaan, was alles niet zo gelopen. Nog een geluk dat het allemaal niet veel erger was afgelopen. Er hadden wel doden kunnen vallen. En waarom? Alleen maar omdat hij zo nodig écht nieuws wilde brengen. Hij schudde zijn hoofd en snoof. Een neusje voor het nieuws ...

Zijn mobieltje ging.

Joost nam op: zijn chef. Haar stem schalde opgewonden in zijn oor. Ze was vol lof over zijn reportage. Dit wilde ze graag van hem zien. Actie, spanning en sensatie.

Ze had zelfs een nieuwe zaak voor hem: mensenhandel in de hoofdstad. Jan-Willem had het verprutst. Nu mocht Joost het proberen. Hij moest over een uur op kantoor zijn.

Joost haalde een paar keer diep adem. 'Sorry,' zei hij toen, 'maar ik heb voorlopig even genoeg spanning gehad. Ik ga naar bed. Tot morgen.' Zonder op de reactie van de chef te wachten, drukte hij zijn telefoon uit.

Net voordat hij wilde instappen zag hij in zijn ooghoek iets bewegen. Een paar meter van zijn auto vandaan zat een nerts. De meeste vrijgelaten dieren waren weer gevangen en in hun hokken gestopt. Maar deze was blijkbaar op een of andere manier ontsnapt.

De nerts keek Joost een tijdje met zijn kraaloogjes aan.

Zou het beestje hier buiten overleven? vroeg Joost zich af. Als hij een beetje uit de buurt van mensen bleef misschien wel. Wegblijven bij wegen en zo.

81

Het was alsof het dier zijn gedachten kon lezen. De nerts rende over de weg en schoot aan de overkant de struiken in. Die zou wel overleven.

Joost grijnsde. Vrij, dacht hij. Eindelijk vrij.

Hij stapte in zijn auto, startte de motor en reed naar huis.

24 Sorry

Bobbie liep zachtjes de ziekenhuis-
kamer in. Ze moest even slikken toen ze
Michael met gesloten ogen in het bed zag
liggen. Zijn gezicht was bijna net zo wit
als het laken. Zijn linkerhand zat in het
verband. Verbrand, dacht Bobbie. Zou
hij nog meer brandwonden hebben? Voor
een verbrande hand hoefde je toch niet in
bed te liggen? Aan de achterkant van het bed bleef ze staan. Ze
kuchte even.

Michael opende zijn ogen. Hij schrok even. Snel kwam hij een
stukje overeind.

'Sorry,' zei Bobbie snel. 'Ik wilde ...'

Verder kwam ze niet. Waarom haperde ze nou? Ze had de zinnen
die ze wilde zeggen wel twintig keer in haar hoofd uitgesproken.
En nu wilden ze maar niet uit haar mond komen.

'Mag je naar huis?' vroeg Michael.

Bobbie knikte. Anouk en zij waren niet gewond geraakt. Ze hadden wel ter controle deze nacht in het ziekenhuis moeten blijven.
Anouk was al eerder naar huis gegaan. Het was nog een geluk dat
Michaels vader geen aanklacht had ingediend. Anders hadden ze
nu misschien wel op het politiebureau gezeten. Of erger ...

Bobbies zuchtte. Dit was al erg genoeg. Haar vader stond op de
gang te wachten. Ze keek nou niet echt uit naar de lange autorit
naar huis. Haar vader zou geen genoegen nemen met leugens.
Hij zou de hele waarheid willen weten. Waarom had ze ook
tegen hem gelogen? In gedachten zag ze weer haar vaders gezicht voor zich toen hij vannacht in het ziekenhuis kwam. Boos en
verdrietig. Niet aan denken!

'Doet het pijn?' vroeg ze. Ze wees naar de hand in het verband.

'Valt wel mee,' antwoordde Michael. 'Mijn been steekt soms een beetje.'

'En je vader?' vroeg Bobbie voorzichtig.

'Valt ook wel mee,' antwoordde Michael. 'Hij heeft wat meer brandwonden, maar het komt wel goed. Hij heeft geluk gehad.'

Bobbie knikte. Ze zag weer die vreselijke beelden van vannacht voor zich. De steekvlam, de brand. Het had inderdaad veel erger kunnen aflopen.

'Sorry,' zei ze. 'Sorry voor jullie schuur. Sorry voor jullie auto.'

'Mijn vader gaat weer een nieuwe kopen,' zei Michael. 'Een nieuwe ouwe om op te knappen. Het sleutelen is toch het leukste.' Zijn stem klonk schor.

Bobbie sloeg haar ogen neer. Zou dat waar zijn? Hadden ze daar dan wel genoeg geld voor? Als het verbod op nertsenfokkerijen doorging, moesten ze toch de boerderij verkopen? Ze durfde het niet te vragen. Ze had er toch een paar dagen geleden zelf om lopen schreeuwen? *Bont is moord.*

'Sorry,' zei ze nog een keer. 'Sorry voor alles.'

'Succes met je werkstuk,' zei Michael.

Bobbie voelde dat ze bloosde. 'Het eh … ik heb helemaal geen werkstuk,' zei ze. 'Het was een smoes.'

Michael glimlachte en zei: 'Dat wist ik wel.'

Bobbie glimlachte terug. Michael en zij zouden het nooit eens worden, wist ze. Zij vond dat je dieren niet in een kooi mocht houden, hij vond van wél. Dat zou niet veranderen.

Toch was er wel wat veranderd. Michael en zijn vader waren geen beulen, ze waren geen moordenaars. Dat wist ze zeker. Ze keek Michael nog een keer aan. Toen draaide ze zich om en liep de kamer uit.

Wat vind jíj?

85

Hoe leven nertsen?

Hoe leven nertsen in het wild?

Nertsen komen in Nederland niet in het wild voor. Wel leven ze in het wild in de Verenigde Staten en Canada. Wilde nertsen wonen in holen tussen boomwortels of rotsen en jagen andere nertsen weg, als die in de buurt komen.
Volwassen nertsen leven alleen. In de paartijd kunnen de mannetjes en vrouwtjes elkaar met behulp van een lokroep vinden, maar meteen na het paren vertrekt het mannetje weer. Het vrouwtje zorgt gedurende de zomer alleen voor haar jongen.

Hoe leven nertsen in een nertsenfarm?

In nertsenfarms leven de nertsen niet alleen. Ze leven in twee verschillende soorten stallen: een dichte stal en een open stal zonder zijwanden (ook wel 'shed' genoemd). In die stallen bevinden zich een aantal rijen met rennen van gaas met daartussen paden.
De leefruimten voor de dieren (rennen) staan op een hoogte van 60 cm aan weerskanten van het pad. De wanden zijn, net als de bodem en de bovenkant, gemaakt van een speciaal soort gaas (soms ook van kunststof). Dit speciale gaas is zo sterk dat de nertsen het niet kapot kunnen bijten, maar ook zo fijn dat ze er goed op kunnen lopen. Ook kan de ene nerts niet een buurman of buurvrouw in de naastgelegen ren aanraken of bijten.

De leefruimte van de nerts bestaat uit minimaal één nachthok van 20 bij 20 cm en een of meer rennen naast of boven elkaar.

Nertsenhouders mogen meerdere ruimten náást elkaar koppelen, waardoor ze de dieren in een groter nest tot de pelstijd bij elkaar kunnen houden. Dit worden familiekooien genoemd. Jonge nertsen groeien dus steeds vaker op in groepshuisvesting.

In de rennen liggen ook speeltjes, zoals een platform waarop ze kunnen klimmen, of een buis waar ze doorheen kunnen kruipen.

Hoe worden de nertsen doodgemaakt?

De nertsen worden niet vervoerd, maar op het bedrijf zelf doodgemaakt. Dit gebeurt als ze ongeveer zeven maanden oud zijn. Het dier wordt in een kist geplaatst. De kist wordt gevuld met zuiver koolmonoxidegas. Zodra het dier dit gas inademt, raakt het verdoofd. Het sterft pijnloos, binnen enkele seconden.

Bron: Lesboek 'Pelsdieren in Nederland', uitgave NFE.

Wild of niet?

Nertsenhouders vinden dat de nertsen in hun farms geen echte wilde dieren meer zijn. Ze worden al tachtig jaar in Nederland gefokt. Dat betekent dat steeds de juiste mannetjes en vrouwtjes worden uitgekozen. Met dieren die merkbaar slecht tegen de kooien kunnen, wordt niet gefokt.

- De nertsenfokkers zeggen dat de dieren, omdat ze op een pelsdierenbedrijf zijn geboren, gewend zijn aan hun leefruimte, de verzorger, de andere nertsen en hun voer.
- Andere mensen vinden dat nertsen altijd wilde dieren blijven, hoelang er ook mee gefokt wordt. Ze zeggen dat nertsen alleen moeten leven en niet in een kooi gehouden mogen worden.
- Wat vind jij?

Wat vind jij? Is een varken, een koe of een kip een wild dier?

Draag jij bont?

Bont is tegenwoordig hot. Je ziet heel veel mensen met bontkragen aan hun jas, of bontlaarzen of bontmutsen. Soms is dit imitatiebont (nepbont), maar vaak is het ook echt bont. Draag jij echt bont? Wil je weten of die kraag aan je jas echt bont is? Doe dan de onderstaande bonttest.

VOELTEST

Wrijf het bont tussen je duim en wijsvinger.
- Echt bont voelt glad en zacht aan.
- Imitatiebont voelt stroef aan, een beetje plakkerig zelfs.

KIJKTEST

Blaas zachtjes op de haartjes, zodat je de onderlaag goed ziet.
- Echt bont bestaat vaak uit diverse soorten haar. De ondervacht is pluizig, zoals bij een poes of hond. Vaak steken er lange, dikkere haren uit die aan de onderkant meestal een andere kleur hebben. De onderste laag is echt leer.
- Imitatiebont valt niet zo soepel uit elkaar als echt bont. Alle haren zijn ongeveer even dik. Vaak zijn niet duidelijk echt verschillende soorten haar te zien. De lange haren hebben één kleur. De onderste laag is van stof.

PRIKTEST

Prik met een speld dwars door het bont.
- Echt bont: de speld gaat er moeilijk doorheen. Je moet even doordrukken.
- Imitatiebont: de speld glijdt gemakkelijk door de onderlaag.

VUURPROEF

(alleen onder toezicht van een volwassene!)
Trek voorzichtig een paar haartjes uit het bont en houd deze bij een vlam.
- Echt bont verschroeit als je eigen haar. De haartjes verschrompelen helemaal. Het stinkt ook net zo.
- Imitatiebont smelt en ruikt als verbrand plastic. Aan de topjes voel je harde bolletjes. (Eerst laten afkoelen!)

Bron: Bont voor Dieren

> **Wat vind jij? Is bont hot or not?**

Vacht of vlees: maakt het verschil?

Vind jij dat dieren gevangengehouden mogen worden voor hun vacht?

☐ Nee.

☐ Ja.

☐ Alleen als de dieren goed verzorgd worden en niet onnodig lijden.

Vind jij dat dieren gevangengehouden mogen worden voor hun vlees?

☐ Nee.

☐ Ja.

☐ Alleen als de dieren goed verzorgd worden en niet onnodig lijden.

Kijk eens naar de twee antwoorden die je hebt gegeven. Waren het twee verschillende antwoorden? Zo ja, waarom heb je verschillend geantwoord?

Wat vind jij? Maakt het verschil of een dier voor het vlees of voor de vacht gevangengehouden wordt? Waarom wel/waarom niet?

Verbod op nertsenfokkerijen

Op 26 mei 2009 nam de Tweede Kamer een
wetsvoorstel aan waardoor de nertsenfokkerij verboden werd.
Als het voorstel ook door de Eerste Kamer komt,
moeten de nertsenfokkers in 2024 stoppen.
En ze krijgen dan geen (of geen volledige) schadevergoeding van de overheid.

- De nertsenhouders vinden dit oneerlijk. Waarom
  moeten zij wel stoppen en andere boeren die
  dieren houden niet? Bovendien vinden ze dat ze,
  áls ze moeten stoppen, geld van de overheid
  moeten krijgen om de schade te vergoeden of
  om een ander bedrijf te beginnen.
- Andere mensen vinden dat de nertsenfokkers
  niet moeten zeuren. Volgens hen hebben de
  fokkers al genoeg geld verdiend en krijgen ze
  bovendien genoeg tijd om te stoppen.

Wat vind jij? Moeten de nertsenfokkers
een schadevergoeding krijgen?

Andere boeken uit de serie NIEUWS!

Op camping 'De Olmen' is het altijd gezellig in de zomer. Lekker zwemmen, skeeleren, kletsen. Of meedoen aan de spannende speurtocht. Maar dit jaar is er nog iets extra's georganiseerd. Het gaat om een spel met een geheime opdracht en er mogen maar vier kinderen aan meedoen. Evelien en Jamilla vormen een team, Wallace en Timo het andere. Elk team krijgt een envelop met daarin een slordig uitgeknipt krantenbericht. De kinderen weten niet meteen wat ze ermee moeten doen. Toch gaan ze aan de slag en beleven de meest bizarre, spannende en leuke zomer van hun leven.

Er schijnt een poema op de Veluwe rond te lopen. Gevaarlijk!
De regionale krant bericht er bijna dagelijks over. De nieuwslezer op televisie houdt het luchtig en maakt een ingewikkeld grapje over poema's en komkommers. Valentina's vader ligt helemaal in een deuk, maar zijzelf blijft zwijgend naar het scherm staren. Hoe is het mogelijk, denkt ze. Hoe kan het nou dat een onschuldig smoesje zelfs het achtuurjournaal haalt.